W9-BDY-283

DISCARDED BY
FREEPORT
MEMORIAL LIBRARY

DISCARDED BY

FREEPORT

MEMORIAL LIBRARY

Clementina, el Amigo de la Semana

Clementina, el Amigo de la Semana

Sara Pennypacker

Traducción de María Natalia Paillié
Ilustraciones de Marla Frazee

GRUPO EDITORIAL
norma

www.librerianorma.com
Bogotá, Barcelona, Buenos Aires, Caracas,
Guatemala, Lima, México, Miami, Panamá,
Quito, San José, San Juan, Santiago de Chile.

FREEPORT MEMORIAL LIBRARY

Pennypacker, Sara
    Clementina, el amigo de la semana / Sara Pennypacker ; traducción
María Natalia Paillié ; ilustraciones María Frazee. -- Bogotá : Grupo
Editorial Norma, 2010.
    184 p. ; 20 cm. -- (Colección torre de papel. Torre roja)
    Título original : Clementine. Friend of the week.
    ISBN 978-958-45-3185-8
    1. Cuentos infantiles estadounidenses 2. Amigos - Cuentos infantiles
3. Humorismo - Cuentos infantiles I. Paillé, María Natalia, tr. II. Frazee,
María, il. III. Tít. IV. Serie.
I813.5 cd 21 ed.
A1274645

    CEP-Banco de la República-Biblioteca Luis Ángel Arango

Título original en inglés:
Clementine, Friend of the Week
de Sara Pennypacker

Texto © 2010 Sara Pennypacker
Ilustraciones © 2010 Marla Frazee
Publicado originalmente en los Estados Unidos y Canadá por
Disney-Hyperion Books como CLEMENTINE, FRIEND OF THE
WEEK. Traducción publicada en acuerdo con Disney.
© de la edición en español para América Latina
Editorial Norma, 2011
Avenida El Dorado No. 90-10, Bogotá, Colombia

Primera edición: febrero de 2011

Reservados todos los derechos.
Prohibida la reproducción total o parcial de esta obra
sin permiso por escrito de la Editorial.

Impreso por Cargraphics S.A.
Impreso en Colombia
Febrero de 2011

www.librerianorma.com

Traducción: María Natalia Paillié
Ilustraciones: Marla Frazee
Diagramación y armada: Blanca O. Villalba
Elaboración de cubierta: María Clara Salazar P.

C.C. 26001257
ISBN: 978-958-45-3185-8

Contenido

Este es para el gran gato
Polka Lunares
—S.P.

*Para mi prima Margaret, quien me
mostró la calle Klickitat
—M.F.*

Capítulo 1

El lunes por la tarde, casi no podía esperar a que Margarita entrara al autobús.

—¡Fue el mejor día! —le dije—. ¡Me escogieron para ser el Amigo de la Semana! Puedo contar mi autobiografía, ser el líder de la fila, recolectar el dinero de la leche, alimentar a los peces...

—Sí, Clementina —interrumpió Margarita, agitando las manos—. Nosotros hicimos eso en tercer grado.

Margarita es solo un año mayor que yo. Pero cada vez que dice: "Cuando estaba en tercero", lo hace sonar como si dijera: "Hace mucho, cuando era pequeña, que ya no soy, y por eso soy tu jefa". Quiero aprender a hacer eso en caso de que alguna vez alguien le permita a mi hermanito entrar a tercero.

—¿Tu clase también hizo Amigo de la Semana? No lo sabía —dije—. ¿Por qué nunca me contaste?

Margarita cruzó los tobillos y bajó la mirada para revisar que sus medias estuvieran a la misma altura. Cuando me miró de nuevo, tenía la boca arrugada como una pasa y estaba un poco rosada. Se encogió de hombros.

—Supongo que lo olvidé —dijo—. Supongo que era demasiado aburrido como para recordarlo.

—¡Ser el Amigo de la Semana no es aburrido! Especialmente, hacer el cuadernillo. ¿Guardaste el tuyo? ¿Puedo verlo?

Margarita volvió a encogerse de hombros.

—Mamá lo tiene en la sala. Es muy importante para ella porque habla sobre lo valiosa que soy. Creo que le gusta tenerlo cerca cada vez que Miguel la saca de casillas. Lo lee y piensa: "¡Vaya! Gracias a Dios *uno* de mis hijos se porta bien". Sería mejor que no lo tocaras.

—No lo dañaré —dije—. Tendré cuidado. Leámoslo cuando lleguemos a casa.

Margarita parecía preocupada, como si estuviera tratando de pensar en algo y no pudiera, pero después se encogió de hombros por tercera vez y dijo:

—Bueno, supongo que está bien.

Entonces, al llegar a casa, tomamos el ascensor para bajar a mi apartamento y decirle rapidísimo a mi mamá: "Hola, mamá. Adiós. Voy a

casa de Margarita, ¿bueno? Bueno".
Después, subimos en el ascensor
hasta el quinto piso, al apartamento
de Margarita.

Margarita fue directo a los estantes que había cerca de la chimenea y se frotó, las manos, admirando las filas de trofeos y premios que había ganado. Yo sabía que quería que yo también los admirara, pues cada vez que estamos en la sala de su casa hacemos lo mismo. Entonces, también me froté las manos y nos quedamos de pie en silencio, mirando fijamente las pruebas de lo bien que Margarita hacía todo.

Había muchas. Tres estantes repletos de "Mejor en esto" y "Cinta azul por aquello", alineadas ordenadamente como si fueran víveres en el supermercado.

Soy realmente buena en dibujo y matemáticas, pero nadie da trofeos por esas cosas, lo que es injusto. Entonces, todo lo que mis papás tienen es una pila de exámenes de matemá-

ticas con estrellas y algunos dibujos pegados a la pared con cinta autoadhesiva. Jamás instalaron un estante en la sala para mis premios, lo que me parece bien, porque estaría vacío.

Cuando supuse que el momento de admirar había terminado, me dirigí a los estantes del otro lado de la chimenea. Había varias fotografías del hermano mayor de Margarita, Miguel, jugando béisbol con sus amigos, y seis trofeos idénticos. Cada una decía *J.M.V.*, pero con un año diferente. Nada más.

—¿Qué quiere decir *J.M.V.*? —pregunté.

Margarita se rascó la cabeza, como si estuviera fingiendo recordar.

—¡Ah, sí! JOVEN MÁS VAGO —dijo—. Lo gana todos los años. Sin competencia.

Sabía que Margarita estaba inventándolo, porque Miguel no es eso. Eso N-O, *no*, significa que sea mi novio.

Saqué un marcador morado del bolsillo y me escribí *J.M.V.* en el brazo, encerrado en muchos signos de interrogación para acordarme de investigar qué significaba realmente. Margarita no se dio cuenta porque había tomado un trofeo de una bailarina dorada.

—Debí también haber ganado los trofeos de plata y bronce por mis otros bailes —dijo—, pero los jue-

ces no querían que los otros niños se sintieran mal.

Ahora, Margarita puede ser una niña presumida, pero hoy estaba más presumida que nunca. Las cosas iban para largo:

—¿Y el cuadernillo? —le recordé.

Margarita sopló el polvo invisible del trofeo y lo volvió a poner cuidadosamente en su lugar. Apartó una gran placa de un concurso de ortografía del estante de abajo y sacó un cuadernillo azul.

Yo traté de tomarlo, pero Margarita lo apartó de un tirón.

—Gérmenes —dijo, mirándome las manos con los ojos muy abiertos.

Se sentó en el sofá y comenzó a leer.

"Es bueno tener a Margarita en este salón porque es muy organizada". "Me gusta tener a Margarita en mi clase porque es muy pulcra". "Margarita es una niña superlimpia", decía.

Me senté a su lado y miré, para cerciorarme de que no estuviera fingiendo leer todo esos halagos. Nop, lo vi con mis propios ojos: la página estaba repleta de cosas como esa.

¡Es bueno tener a Margarita en este curso porque su pelo es tan brillante que casi puedo verme en él!, escribió Alejandro. *Me gusta sentarme al lado de Margarita porque jamás permite que*

sus cosas se desparramen en mi pupitre, escribió Jaime. Debajo de ellos, Carlitos había escrito: *Margarita es muy colavoradora. Todos los días me dice qué hago mal.*

Margarita señaló la página.

—Tuve que decirle que había escrito mal la palabra "colaboradora".

—Vaya —dije—. Es un cuaderno estupendo.

Comencé a sentirme nerviosa. Aunque soy amiga de todos en mi salón, estaba segura de que nadie iba a escribir algo parecido a eso en mi cuaderno.

—¿Qué más escribieron los niños? —pregunté—. ¿Dijeron que eras buena en dibujo o en matemáticas?

—No, solo más cumplidos —dijo Margarita, saltando de repente—. Una página tras otra. Pero guardémoslo ya.

Margarita caminó hacia los estantes y cerró el cuadernillo, pero en vez de dejarlo en su lugar, bajó la mirada y lo miró fijamente, dando un pequeño alarido. Se puso roja. Si sus ojos no se hubieran entrecerrado tanto, apuesto a que habría podido verlos echar llamas. Se veía como la caricatura de una persona a punto de explotar.

—Eso… eso… eso… eso… ¡Ah! —pronunció.

Después, salió pisando fuerte de la sala, atravesó el corredor y pateó la puerta de la habitación de Miguel para abrirla. Yo la seguí.

—¡No toques nada de lo que está aquí! —me advirtió—. ¡Este lugar está repleto de gérmenes!

Miguel estaba en la cama. Nos saludó desde la sección de deportes. Margarita se acercó a él y le mostró el cuadernillo, le temblaba todo el cuerpo.

Finalmente, vi lo que la enfurecía: en la cubierta del cuadernillo, alguien había cubierto la palabra "amigo" con cinta autoadhesiva blanca y había escrito "demonio" sobre esta.

MARGARITA ¡DEMONIO DE LA SEMANA!, se leía en el título, encima de una fotografía de colegio de Margarita sonriendo.

Miguel hizo cara de inocente y se llevó las manos al pecho, como si no pudiera creer que ella lo estuviera acusando de hacer algo semejante. Pero yo veía cómo le decía a su boca que no sonriera, y cómo su boca luchaba por hacerlo.

—¿Qué te hace pensar que fui yo? —preguntó él, ya sin sonreír.

Margarita señaló el bate de béisbol que sobresalía de la almohada de Miguel. El mango estaba envuelto en cinta que solía ser blanca.

—Oh, sí —dijo él—. Debí haber usado el esmalte de mamá o algo así.

Margarita salió de la habitación a toda prisa, sin decir una sola palabra, y entró furiosa en su habitación. Su gata, Rímel, salió disparada de la almohada en la que estaba acostada y se metió bajo la cama, porque los

gatos saben cuando alguien está de M-A-L, *mal,* humor. Rímel y yo esperamos mientras Margarita se sentaba justo en el centro del tapete y arreglaba todos los flequillos. Así es como se calma.

—¡Es un bebé! —dijo entre dientes, después de un momento.

—La cubierta no es importante, Margarita —intenté decir—. Ven, dámelo. Le quitaré la cinta.

Margarita apretó el cuadernillo fuertemente contra su pecho.

Casi le digo que si Miguel lo había tocado tendría muchos gérmenes, pero no lo hice porque concluí que Margarita ya había estado lo suficientemente histórica por el día. Aunque no importó, porque en ese momento ella llegó a la misma conclusión.

—¡*Aaaaaagggghhhh!* —gritó.

Dejó caer el cuaderno y corrió hacia el baño, agitando las manos como si se estuvieran incendiando.

Oí cómo prendía el grifo y comenzaba a frotarse.

Normalmente, ni Margarita ni yo permitimos que la una se quede sola en la habitación de la otra. Esto se debe a que si Margarita se queda sola en la mía, le comienzan a picar los dedos y le dan ganas de poner las cosas en orden. Y si yo me quedo sola en la de ella, me comienzan a picar los dedos y me dan ganas de poner todo en desorden. Tan pronto Margarita entró al baño, comencé a buscar qué podía desordenar. Pero hoy, ¡encontré algo mejor que hacer con la picazón en los dedos!

Me agaché bajo el escritorio, donde el cuaderno había aterrizado, y lo recogí. Con mucho cuidado —¡tan cuidadosamente que ni un pedacito de papel se desprendió!—, quité la cinta.

Después, Margarita salió del baño, dándose palmaditas en los dedos de la mano izquierda para secarlos, uno a uno.

—Se me ocurre una idea, Clementina —estaba diciendo con una voz mucho más calmada que con la que había entrado al baño—, para que tu cuadernillo pueda ser tan bueno como el mío: hazles cumplidos a todos durante la semana. Así, ellos harán lo mismo contigo el viernes.

Le mostré su cuaderno, sonriendo:

—¡Mira, Margarita! —dije.

—¡O regalos! —dijo, mientras comenzaba a secarse los dedos de la mano derecha—. Los regalos serían mucho mejores que los cumplidos. Y puedes dejarles la etiqueta del precio, para que todos puedan ver que son buenos...

—Margarita, ¡mira! —la interrumpí.

Ella dejó de mirarse los dedos y, boquiabierta, dejó caer la toalla. Tenía otra vez esa mirada de personaje de caricatura a punto de explotar.

—¡¿*Quién dijo que podías leer eso?!* —gritó.

Después, embistió a través de la habitación y me arrebató el cuaderno, sin preocuparse siquiera por los gérmenes de Miguel.

Rímel, que se había asomado mientras Margarita estaba en el baño, volvió a esconderse rápidamente. Si yo hubiera cabido, también me habría escondido allí.

En lugar de eso, tuve que quedarme ahí, intentado calmar a Margarita.

—¡No lo leí! Solo estaba… ¡mira! Está bien, la cinta…

—¡Eso era privado! ¡Todos deberían saberlo! ¡Cualquier persona! —gritó Margarita.

—¡Solo le quité la cinta, Margarita! No dañé nada. Sigue hablándome de los regalos. ¿Crees que todos escribirán cosas geniales en mi cuaderno si les doy regalos?

Eso se llama: "Despistar a alguien". Mis papás me dicen que lo hago muy bien, pero no me funcionó con Margarita.

—¡NADIE VA A ESCRIBIR NADA BUENO EN TU CUADERNO, NO IMPORTAR CUÁNTOS REGALOS LES DES. NI SIQUIERA ERES MI AMIGA Y SOLO JUEGO CONTIGO PORQUE VIVES EN MI EDIFICIO, Y AHORA, REGRESA A CASA! —me gritó Margarita.

—Bueno, bueno, bueno... ¡A MÍ TAMPOCO ME IMPORTA PORQUE TÚ NI SIQUIERA ERES MI AMIGA! —le contesté.

Después, salí corriendo del apartamento de Margarita y le di tal golpe al botón S, de sótano, en el ascensor, que probablemente lo dañé para siempre.

Capítulo 2

Al llegar a mi apartamento, mi gatito ya me estaba esperando en el corredor. Así es de inteligente: puede saber si soy yo con solo oír mis pasos.

Lo levanté y me dio un beso en la oreja.

—Esa es otra razón por la que eres inteligente —dije—: siempre sabes cuándo estoy triste.

Después, me lo puse alrededor del cuello, como le gusta a él, y lo llevé a mi habitación para poderle contar en privado lo mal que Margarita se había portado conmigo. Me tomó mucho tiempo, pero finalmente me sentí mejor. Y mientras estaba ahí sentada, consintiéndole las patas que colgaban de mi cuello, me di cuenta de algo.

—Hola, mamá —dije, entrando a la cocina—. ¡Mira lo largas que se han vuelto las patas de Humectante!

Mamá apartó los ojos de las zanahorias que estaba pelando para mirar.

—Sí, me he dado cuenta de que está creciendo —dijo—. Últimamente no duerme tanto como antes… siempre está explorando, husmeando por allí. ¿Cómo te fue hoy?

—Mal —dije, pensando en Margarita.

Tomé una zanahoria y la mastiqué con fuerza. Después, me acordé de la escuela.

—Pero también me fue bien.

—¿Por cuál quieres comenzar?

—Por lo bueno —decidí—. Me escogieron para ser el Amigo de la Semana.

—Recuérdame lo que es eso —dijo mamá.

Pero antes de que pudiera hacerlo, Nabo entró corriendo en la cocina, se dirigió en línea recta al aparador de las ollas y sartenes y sacó la olla grande de hacer espagueti. Se la puso en la cabeza y comenzó a darle

golpes con una cuchara de madera, mientras reía a carcajadas.

Le di unas palmaditas a Humectante para calmarlo mientras duraba el estruendo y traté de imaginar qué dirían de mi hermano si alguna vez llegaba a tercero y lo nombraban el Amigo de la Semana.

—Mamá —pregunté—. ¿Alguna vez te has preguntado si Grano de Maíz es normal?

—Primero que todo —contestó mamá sin interrumpir su labor de pelar zanahorias—, tu hermano no se llama Grano de Maíz. Segundo, ¡por supuesto que no! ¿De qué estás hablado?

—¡Mamá! Todos los días se quita los zapatos e intenta ponérselos al revés. No solo en el pie equivocado, sino también al revés.

Mamá solo se encogió de hombros.

—Cree que la lavadora es un cohete espacial.

Mamá sonrió.

—*Martilla las piedras*. E incluso cuando se golpea la cabeza mientras se mece hacia atrás, ¡sigue haciéndolo!

Mamá bajó la mirada para mirar a mi hermano como si pensara que martillar rocas fuera la cosa más inteligente y adorable que alguien pudiera hacer.

—¡Lo hace! —coincidió—. ¡Puede hacerlo durante horas!

Créanme, habría podido mencionar por lo menos cien cosas más, pero me detuve porque no quería romperle el corazón a mamá por tener un segundo hijo tan decepcionante. De repente, recordé que Margarita me había contado que su mamá leía el cuaderno de ella cada vez que Miguel la sacaba de quicio, y entonces tome la decisión: haría que mis amigos escribieran cosas maravillosas de mí en el cuadernillo del Amigo de la Semana, tan maravillosas que mis papás sonreirían de oreja a oreja de orgullo. Me iba a encantar mostrarles ese cuaderno el viernes.

Y bueno, también me iba a encantar mostrárselo a la engreída de Margarita.

Justo mientras disfrutaba pensando en que Margarita leería todos los cumplidos que iban a hacerme, papá entró en la cocina.

—Papá, me escogieron para ser Amigo de la Semana...

—¡Clementina, quieta! —me interrumpió él—. No muevas ni un solo músculo.

—¿Qué pasa?

—Trata de no asustarte —continuó él, avanzando hacia mí sigilosamente—. Intentaré salvarte.

—¿*Qué pasa*, papá?

No mires hacia abajo —susurró—, pero creo que... creo que tu bufanda... ¡está *viva*!

Después se rio, alborotó el pelo de Humectante y me besó en la frente.

—Ahora —dijo, después de haber besado la olla que mi hermano tenía en la cabeza—, ¿qué es esto del Amigo de la Semana?

—Los niños tienen que hacerme un cuadernillo.

Mamá nos interrumpió y me entregó una lechuga y un secador de lechugas, y a papá, la cuchara para revolver el chile. Esto es porque ella es una verdadera fanática de la historia de la Gallinita Roja. Todo el que quiera comer algo en nuestra casa debe ayudar a prepararlo. Siempre hago mala cara cuando tengo que ayudar a las tareas del hogar, pero la verdad es que me *gusta* el tejemaneje de preparar la comida en familia.

Entonces, mientras mamá mezclaba el pan de maíz y papá le agregaba sus ingredientes secretos al chile y mi hermano golpeaba más ollas, yo preparé una ensalada y, finalmente, les conté a mis papás sobre el Amigo de la Semana:

—Todos los lunes, nuestro profesor saca un nombre de una caja de pañuelos desechables. Esa persona,

que esta semana soy yo, puede ser la directora de todo y contar cosas de sí misma. Y todos los demás deben decir por qué les gusta tener a esa persona alrededor. La mejor parte es que el viernes lo escriben todo en un cuaderno, para que yo me lo lleve a casa.

—Excelente —dijo papá—. Yo ya sé exactamente qué voy a escribir.

—¡Papá! Los papás no pueden escribir nada. Solo los niños.

Y después comencé a pensar:

—Bueno, ¿y qué escribirías? Quiero decir, si pudieras.

—Escribiría: "Creo que es genial que Clementina esté en esa escuela, porque de otro modo su madre y yo no sabríamos dónde encontrarla. Si no estuviera en la escuela, esa niña chiflada probablemente tendría su propio espectáculo de televisión, o estaría dirigiendo un salón de tatuajes, o apostando al póquer en algún casino".

He vivido con papá durante toda mi vida, que casi equivale a tres mil días, y aún me olvido de que él cree que es un cómico.

—Papá, eso no es gracioso —le dije—. No haría ninguna de esas cosas hasta ser grande, excepto… espera. ¿Qué es un casino? ¿Qué es póquer? ¿Me gustaría?

—Olvídalo —dijo mamá—. Claramente es una regla muy prudente esa del Señor Morcillo, la de permitir que solo los niños escriban en esos cuadernos. Y tengo muchas ganas de leer el tuyo el viernes. Estoy segura de que lo vamos a disfrutar.

—¿Que lo van a disfrutar? ¡Les encantará! —le prometí—. De hecho, probablemente querrán construirle un estante para guardarlo, ¡justo al lado de la chimenea!

Cuando mamá fue a mi habitación a despedirse, se acordó de que algo malo me había pasado por la tarde.

—¿Quieres contarme sobre eso?

Me encogí de hombros y acaricié a Humectante bajo las cobijas.

—Margarita está molesta conmigo. Muy molesta. Y no sé por qué.

—¿No tienes ni idea?

—Nop. Simplemente se puso furiosa. Primero con Miguel y después conmigo.

—Bueno, tal vez tuvo un mal día. Pero estoy segura de que tarde o temprano descubrirás por qué. Siempre lo descubres.

—¿Eso crees?

—Sí. Ustedes han sido amigas desde el día que Margarita llegó a vivir aquí.

—Pensé que nos odiábamos al principio. ¿Te acuerdas? Me dijiste que Margarita siempre trataba de vestirme con sus disfraces y yo odiaba eso.

Mamá asintió.

—Salías corriendo y gritabas cada vez que la veías. Tenías como tres años. Pero finalmente, dejabas que te metiera en un tutú o una capa de princesa y después ibas a buscar un charco de barro para sentarte

—mamá sonrió—. Sip, fueron amigas desde el comienzo. Entonces, lo resolverán. Eso es lo que hacen los amigos.

Después, me dio un beso de buenas noches y apagó la luz.

En la oscuridad me aferré a Humectante y pensé en las malas noticias: Margarita y yo *ya no* éramos amigas.

Capítulo 3

Hacerle cumplidos a la gente fue mucho más complicado de lo que Margarita me había dicho.

Todo comenzó bien el martes por la mañana en el recorrido del autobús.

—¡Qué moretón tan grande tienes en el brazo! ¡Qué colores tan lindos! —le dije a Tutú.

Este cumplido también hizo que su hermana gemela Lulú sonriera, porque ella le había causado ese moretón.

Después, me cambié de lugar y me dirigí al asiento de Juan.

—Hoy te ves un poco más alto —le dije—. Tal vez estás comenzando a estirarte.

Juan es el niño más bajito de nuestro salón. Siempre está esperando verse más grande, entonces este cumplido debió gustarle. En lugar de eso, hizo cara de estar molesto, se levantó y sacó una bolsa de su lonchera. Estaba aplastada.

—Mala suerte —dijo—. Espero que no sea atún.

Y después, como nadie más en mi clase está en mi recorrido de autobús, no tuve nada que hacer durante el resto del camino, excepto ver cómo Margarita hacía como si no me estuviera viendo, y yo hacía lo mismo.

Las cosas empeoraron en la escuela. Primero, mi profesor dijo:

—Clementina, como eres el Amigo de la Semana, ¿podrías guiarnos en el juramento a la bandera?

Todo lo que podía pensar en hacer mientras estaba de pie bajo la bandera era hacerles señas de aprobación a mis compañeros cuando lograban pronunciar correctamente las palabras difíciles, como: "indivisible".

Lo siguiente: mi trabajo era recolectar el dinero del almuerzo y llevarlo a la cafetería. Les aseguro que no es tan sencillo hacer-les cumplidos a las personas cuando te están entregando su dinero.

Le dije a Santiago que sus mone-das estaban especialmente brillantes y que debía tener los bolsillos muy limpios. Eso le gusto. Después, le dije a María que contaba su dinero muy rápido, pero ella me dijo que eso no era cierto, que solo me había pareci-do rápido porque me había tomado mucho tiempo hablando de los bol-sillos de Santiago. Luego, admiré la manera como Rafael había apilado sus monedas en una gran columna.

—Gracias, gaste mucha saliva para lograr que se quedaran pegadas —me dijo.

Finalmente, le dije a Juan que te-nía muy buena puntería —¡como de una persona más alta!—, cuando arrojó su dinero al sobre.

¡Pero eso fue todo! El único otro cumplido que se me ocurrió fue para la señora del comedor que recibió el dinero. Le dije que la redecilla que tenía en el pelo hacía que la parte de atrás de su cabeza pareciera un avispero. Ella sonrió y dijo:

—Gracias, querida, ¡acabas de alegrarme el día!

Esto fue amable de su parte, pero realmente no me ayudó mucho porque la señora del comedor no puede escribir en mi cuadernillo.

De vuelta en el salón, hicimos el Círculo de Compartir y los Anuncios de la Mañana, como siempre. Traté de pensar en cosas buenas para decirles a los otros. Pero después, mi maestro me distrajo.

—Y finalmente, no olviden la carrera de bicicletas del sábado. Vamos a recoger dinero para el paseo de Pascua de los de tercer y cuarto grado —dijo—. ¡Espero que todos estén decorando sus bicicletas! Nos vemos a las diez de la mañana en el parque.

Sonreí para mí sola, en secreto, y me olvidé por completo de pensar en los cumplidos.

¡Mi bicicleta iba a verse increíble el sábado! De hecho, iba a ser la mejor decorada en toda la historia de la vida. Esto se debe a que la mejor tienda de adornos del mundo se encuentra en el sótano de mi edificio.

Bueno, no exactamente. Pero papá es el administrador de nuestro edificio y su trabajo es decorar la recepción para las festividades. Por supuesto, hace las decoraciones normales, como el Día de las brujas, Navidad y San Valentín. Aburrido, aburrido, aburrido. Pero papá investiga y dice que *todos* los días son como un día de fiesta. Por ejemplo, enero. Todos conocen el día de Año Nuevo y el Día de los Reyes. Pero papá también decora para el Día de los Novios, el Día de Marcar Tarjeta y el Día de Medirse los Pies.

Todas las semanas pone en la cartelera de la recepción las fechas de las próximas fiestas y las sugerencias sobre cómo celebrarlas. Por ejemplo, el 30 de abril es el Día de Apreciar los Peinados, entonces puede que en el elevador oigas: "¡Señora Jacobi, qué hermoso moño el que tiene puesto!". O la mamá de Margarita podría hacerle un cumplido a la delicada trenza de mamá, pero solo si es de verdad, puesto que el 30 de abril también es el Día Nacional de la Honestidad.

"Si estuviera a cargo de la recepción de Naciones Unidas, jamás habría otra guerra", dice papá.

Creo que tiene razón, pues sus adornos alegran a todo el mundo.

Especialmente a mí, porque todos los adornos reposan en nuestro sótano cuando no es su turno de aparecer. Y cuando le pregunté a papá si podía prestarme algunos para la carrera del sábado, me dijo:

—Claro, campeona, tómalos todos si quieres.

Todavía no sabía cómo iba a decorar mi bicicleta, pero solo porque tenía muchas ideas geniales. Volví a sentir mi sonrisa secreta. Menos mal sé ocultarla para que no se note por fuera.

—Vaya, Clementina —interrumpió la voz del profesor—. Se ve que tienes ganas de contarnos la historia de tu vida.

—¿Perdón? —pregunté—. ¿Cómo?

—Es hora de que nos hagas tu presentación. Me alegra verte tan feliz y que todo esto te haga sonreír. Ven aquí.

Busqué en mi mochila, por si había olvidado hacer algunas anotaciones anoche. Pero no.

—Está bien —dijo el profesor—. Solo ven y cuéntanos algo de tu vida.

Entonces, fui al frente de la clase.

—Nací —comencé.

Y después no salió nada más, porque es muy difícil pensar cuando uno está al frente de la clase con todos esos ojos encima.

—Naciste —repitió el Señor Morcillo—, ¿dónde?

—Aquí —respondí.

Todos los chicos comenzaron a reír, pero como era una sonrisa amable y no mala, también sonreí.

—No, no nací en el salón 3B —dije—. Nací en Boston.

¡Clementina!

—¿Y después?

—Y después viví aquí también. En Boston, no en el salón 3B. Fin. Bueno, no *fin*, no todavía. Pero, eso es todo —hice una reverencia y después comencé a dirigirme a mi asiento.

Los niños aplaudieron, pero mi profesor me detuvo.

—No creo que eso sea todo —dijo—. Estoy seguro de que has hecho muchas cosas interesantes desde que naciste. ¿Qué crees que diría un biógrafo en un libro sobre ti?

Negué con la cabeza.

—No mucho. He leído dos biografías este año. ¿Sabían que Harry Houdini ya era un trapecista famoso cuando tenía mi edad? Y Mozart componía música desde los cinco años. Nadie podría decir algo así sobre mí.

Y, de repente, se me ocurrió una razón brillante de por qué nadie podría hacerlo.

—¡Probablemente las personas de la antigüedad no tenían que ir a la escuela! Justo anoche papá dijo que si yo no estuviera en la escuela, ¡estaría haciendo muchas cosas interesantes!

—Bueno, tal vez estarías haciéndolas —dijo el profesor—. Pero para esta presentación, hablemos de cosas reales. Ahora, ¿no hubo una adición a tu familia hace algún tiempo? ¿Por qué no nos cuentas sobre él?

—¡Tiene razón! —grité—. ¡No puedo creer que lo haya olvidado! Bueno… a principios de este año me dieron un gatito y su nombre es Humectante y es realmente inteligente y…

—Bueno, en realidad estaba pensando en alguien más —dijo mi profesor—. ¿No tienes un hermano menor?

—Ah, sí —dije—. Brócoli. Ahora, algo especial que tiene mi gatito es que realmente es…

—¿Tu hermano se llama Brócoli? ¿En serio?

—Bueno, no. Pero como yo tengo un nombre de fruta y no es justo que él no, lo llamo con nombres de vegetales. Algunas veces es Maíz, o Col de Bruselas o Cebolla. Depende. De todos modos, lo hemos tenido durante tres años y es una especie de desilusión. Por eso creo que no debo hablar de él.

Mi profesor se rio como si yo hubiera dicho algo gracioso.

—Bueno, creo que una de las cosas que hemos aprendido es que Clementina tiene sentido del humor —dijo—. Por ahora no tenemos más tiempo. Pero por el resto del día, imaginémonos que somos reporteros. Busquen algo interesante sobre Clementina que puedan compartir con el resto de la clase.

Entonces, durante el recreo todos me hicieron preguntas.

PREGUNTA: Si fueras un animal, ¿cuál serías?

RESPUESTA: Un gorila.

PREGUNTA: ¿Cuál es tu color favorito?

RESPUESTA: Todos.

PREGUNTA: ¿Tu hermano menor hace cosas tiernas?

RESPUESTA: No.

Me alegró saber que nadie me preguntó quién era mi mejor amiga. Porque no sabría cómo responder.

Capítulo 4

El martes, después de la escuela, fui directo al sótano.

El sótano realmente no es un sótano, es solo la otra mitad del piso en el que vivimos, que es el piso inferior de nuestro edificio. La mitad queda por encima del andén y la otra mitad por debajo, entonces, si miras por las ventanas, puedes ver los pies de los peatones. Mis papás dicen que vivir en este nivel nos mantiene con los pies en tierra, y se ríen. Me he dado cuenta de que los adultos a menudo se ríen de cosas que no son graciosas.

De todos modos, nuestro apartamento es la mitad del piso. La otra mitad es lo que nosotros llamamos sótano, un espacio enorme con el horno y la caldera, un área de taller, la lavandería del edificio y varios depósitos.

Papá dice que ser el administrador del edificio es como ser el presidente, y que yo soy como su vicepresidenta. Como tengo que estar lista para cualquier cosa, conozco el sótano casi tan bien como lo conoce papá. Así que sabía exactamente dónde estaban los adornos.

Mientras bajaba la primera caja, marcada como DÍA DE BRUJAS, oí un maullido suave.

—Oye, ¿qué estás haciendo aquí? ¿Quieres ayudarme a decidir cómo decorar mi bicicleta?

Como Humectante dijo que sí en lenguaje gatuno, entonces desocupé la caja frente a él. Había una bolsa de telarañas y un montón de murciélagos grandes y horrorosos, con alas negras.

Humectante miró de reojo a los murciélagos. Se echó al suelo en posición de ataque y avanzó lentamente hacia ellos, intentando averiguar con la nariz si eran reales o no, moviéndola nerviosamente. Deslicé la mano por entre el montón e hice que uno de los murciélagos batiera las alas y se moviera, mientras sus ojos rojos se encendían y se apagaban.

Humectante pegó un salto. Las orejas, las patas y todos los pelos de la cola se le erizaron, como si cada parte de su cuerpo estuviera muerta de miedo. Pero yo sabía que no estaba realmente asustado. Solo estaba jugando a ser el Capitán

Patas-Maravilla... primero, aparentó ser el gatito asustado para después, en cualquier momento, convertirse en el supergato.

Caminó con aire arrogante hacia el murciélago y lo aplastó, y después dio la vuelta para sacudir su supercola y demostrar quién mandaba ahí.

—Ay, Capitán Patas-Maravilla —dije desvaneciéndome, como a él le gusta—. ¡Nos has salvado otra vez! Además, me has ayudado a decidir. ¡Ahora, ya sé cómo quiero decorar mi bicicleta!

Humectante fingió estar demasiado ocupado lamiéndose el hombro como para darse cuenta del héroe que era, y así terminó el espectáculo. Se enroscó en la bolsa de telarañas y yo me fui a tomar la sombrilla que había visto en la basura.

La sombrilla estaba justo como esperaba: la tela estaba destrozada, pero el esqueleto estaba bien. Arranqué el resto de la tela, regresé y tomé seis murciélagos. Por suerte, los murciélagos ya estaban atados con hilo invisible, así que todo lo que hice fue amarrarlos a las puntas de los brazos del esqueleto de la sombrilla. Cuando ya todos estaban colgando, pasó papá.

Me puse el enjambre de murciélagos sobre la cabeza y él entendió la idea de inmediato:

—¿Es para la carrera? ¿Lo vas a poner en tu bicicleta? Excelente idea. Yo, en tu lugar, usaría cinta extrafuerte —me dijo.

Después, desató el murciélago que me caía sobre la cara.

—Tienes que poder ver, campeona.

¡Y justo en ese momento tuve una idea superespectacular para ese murciélago!

—¡Papá! ¿El sábado podrías ponerme este alrededor de los hombros, para que parezca que me está

mordiendo el cuello y chupándome toda la sangre?

Él sonrió.

—Eso se veía muy bien —dijo él—. Pero debes prometer que conducirás la bicicleta con ambas manos, ¿de acuerdo?

Lo prometí y después caminé hacia el lugar en el que tenía guardada la bicicleta.

Las bicicletas de Margarita y Miguel también estaban en el portabicicletas. La de Miguel estaba cubierta con autoadhesivos de equipos de béisbol y parecía que hubiera estado en una guerra de bicicletas. La de Margarita era morada y brillante por todos lados, hasta las llantas. Se veía hermosa, pero... sin gracia. ¡Y, de repente, se me ocurrió una idea fenomenal!

Llevé a Humectante al apartamento y luego me apresuré al quinto piso, sonriendo todo el trayecto. ¡Margarita y yo íbamos a ser amigas otra vez!

Miguel abrió la puerta. Sostenía un tazón de cereal y estaba sonriendo.

—Hola, enana —dijo.

Miguel me pone sobrenombres porque está tratando de ser mi novio. Nunca le digo que no me hace gracia tener novio. No quiero que se ponga demasiado triste y deje de jugar béisbol.

—Margarita está en su habitación —dijo—. ¿Quieres ver algo primero?

Dije que sí porque no estaba segura de querer ver la cara de molestia de Margarita. También, porque si Margarita dice: "¿Quieres ver algo?", usualmente es algo aburrido, como una falda a la que le ha quitado todas las motas, o una nueva forma de alinear todas sus hebillas. Pero si Miguel dice: "¿Quieres ver algo?", puedes apostar que será algo interesante.

¡Excepto que esta vez no lo era! Lo seguí a la sala y él apuntó con la cuchara hacia el estante inferior.

Comenzó a carcajearse, pero yo no entendía el chiste. Cada uno de sus trofeos de J.M.V. tenía puesto un pequeño triángulo de papel con unos ganchos de nodriza diminutos en las puntas.

—¿Margarita hizo eso? ¿Les puso pañales a todos tus trofeos?

Miguel asintió con la cabeza, sonriendo. Se secó los ojos con la camiseta y tomó otro bocado sonriente de cereal.

—¿Por qué no estás molesto, Miguel? Adoras el béisbol. Estás obsesionado con el béisbol.

Miguel dejó la cuchara en el plato.

—Bueno, sí. ¡Amiga! Me encanta jugar béisbol. Pero no me importan los trofeos.

Cuando Miguel dijo: "Me encanta jugar béisbol", mi corazón dio un pequeño salto, como si hubiera estado cansado de estar quieto en mi pecho y quisiera *irse* a otro lugar. Esto es porque Miguel pronuncia la palabra "béisbol" mejor que cualquier persona en el mundo.

Después, le pregunté lo que *realmente* quería saber:

—Margarita tiene como trescientos premios. ¿No te importa que sea tan buena en todo? No te hace sentir un poco… —me detuve y pensé en cómo me hacían sentir todos esos trofeos—. Un poco… ¿con lástima de ti mismo?

Miguel me miró como yo miro a Espinaca cuando él se golpea la cabeza dentro de la olla de espagueti.

—Siento lástima por *ella* —dijo, señalando las filas de trofeos de Margarita—. A mí me encanta jugar béisbol. A Margarita solo le encanta ganar premios.

Miguel levantó su guante y la bola de béisbol.

—Me tengo que ir, enana —dijo—. Tengo práctica. La mejor parte del día.

Encontré a Margarita en su habitación. Se había puesto una falda de pasto y bailaba al ritmo de una música blandengue. Sus brazos parecían serpientes, solo que no asustaban.

La saludé y ella hizo lo mismo, pero eso fue todo: no paró de mecerse, ni apagó la música.

—Tengo una buena idea, Margarita —le dije—. Es sobre la carrera de bicicletas. ¿Sabes que papá guarda todos esos adornos en el sótano, no? Dice que puedo usarlos para decorar mi bicicleta. ¡Y tú también podrías! Podemos ser un equipo, podrías tener murciélagos a tu alrededor, como yo…

Margarita me disparó una mirada que decía: *¿Murciélagos? ¿Estás loca?*

—O lo que quieras. ¡Cualquier cosa! ¡Voy a *compartir*! ¿Quieres bajar y echar un vistazo?

Margarita negó con la cabeza y continuó meciéndose.

—No puedo ir a la carrera —dijo—. Tengo una competencia el sábado en la mañana. Tengo que practicar mi rutina de hula.

Me acerqué y apagué la música.

—¿Qué quieres decir con que no vas a ir? ¡Has estado esperando esto por semanas!

Margarita se quedó de pie, inmóvil, tratando de recuperar el aliento. Después dijo:

—No puedo, Clementina. Tengo que ir a la competencia, o si no, ¡alguien más va a ganarse el trofeo!

Volvió a encender la música y comenzó a hacer la rutina de nuevo, pero esta vez frunciendo el ceño.

Capítulo 5

Mis padres siempre repiten la regla de oro: "Ese 'no hagas' en 'No hagas a los demás lo que no quieres que te hagan a ti' es muy importante". Papá dice que esto puede significar: "Guarda silencio en cine, como quisieras que otros lo guardaran". Mamá dice que puede significar: "No interrumpas a las personas cuando están dibujando, a menos que sea por una emergencia relacionada con sangre, como quisieras que no te interrumpieran cuando estás dibujando, a menos que sea una emergencia relacionada con sangre".

Usan esa regla de oro conmigo todo el tiempo. Pero el miércoles, ¡yo misma la usé!

El miércoles fue así: después del juramento a la bandera y el Círculo de Compartir y los Anuncios de la Mañana, el profesor nos dijo que pusiéramos atención.

—El Amigo de la Semana es una oportunidad maravillosa —dijo, como si hubiera acabado de pensar en eso, a pesar de que todas las semanas dice exactamente lo mismo—. Vamos a hacer una lluvia de ideas. Pensemos en lo que hace que Clementina sea un miembro único e invaluable de este salón, para que el viernes estemos preparados para escribir en su cuadernillo.

Se dirigió al tablero y escribió mi nombre bajo el letrero de Amigo de la Semana.

—¿Quién quiere comenzar? —dijo.

Sabía que todos me estaban mirando, entonces intenté poner cara de valiosa, pero bueno, está bien… como no sabía exactamente cómo poner cara de valiosa, puse cara de santa.

La cara de santa es así: primero —todos conocen esta parte—, doblas las manos como una torre. Después, pones los ojos en blanco lo más que puedas, te haces la bizca y dejas que los párpados se agiten suavemente. Finalmente, te imaginas que estás haciendo algo muy bondadoso, como regalarle el helado a un perro muy flaco, aunque nadie esté mirando.

Los niños hicieron lluvia de ideas sobre mis cualidades y el profesor escribió las ideas en el tablero. Yo escuché —decían lo mismo de siempre:

lo buena artista que soy, cómo me doy cuenta de cosas interesantes—, pero no miré. En lugar de eso, me quedé sentada, con las manos como una torre, los ojos en blanco, parpadeando y dándole mi helado a un perro flaco.

—Clementina, ¿estás bien?

Estaba tan concentrada que no me había dado cuenta de que mi profesor me estaba mirando.

—Parecía que ibas a desmayarte —dijo—. ¿Quieres ir a la enfermería?

—No, estoy bien —dije.

Y ni siquiera estaba avergonzada, porque mientras trataba de verme como una santa, decidí no hacer más cumplidos sino intentar dar regalos. Y se me ocurrió la idea de la regla dorada: *¡Hazles tatuajes a los demás así como quisieras que los demás te los hicieran a ti!*

Durante la clase de geografía hice el letrero: TATUAJES, GRATIS POR HOY – ¡USUALMENTE A $40!

Después, añadí otro cero para que todos se dieran cuenta de que era un regalo estupendo.

TATUAJES, GRATIS POR HOY — ¡USUALMENTE A $400!

En el recreo, me metí los marcadores al bolsillo y salí con el letrero. Lo pegué a la cerca, lejos del lugar donde patrullan los maestros para asegurarse de que los de sexto no se asesinan jugando quemados, y esperé.

La primera persona que se acercó fue Carlos.

—Tatuajes gratis —le dije—. Usualmente cobro cuatrocientos pesos.

—Mi tío tiene una mujer desnuda en el brazo —dijo Carlos—. Está sentada sobre un ancla.

—No creo que pueda dibujar a una mujer desnuda —le dije—. Jamás lo he hecho.

—Está bien —dijo Carlos—. No quiero una. Solo quería contarte eso.

Le di las gracias y le dibujé un ancla en el brazo. Añadí un pez sentado sobre el ancla.

—Está desnudo —le dije.

Después, llegó Rafa. Dijo que jamás había pensado en qué quería como tatuaje. Me preguntó si tenía alguna sugerencia.

—Bueno —dije—, a mí me gusta dibujarme recordatorios en el brazo.

Y le mostré el que me había dibujado el lunes.

—J.M.V., Jugador Más Valioso —leyó Rafa.

Esa Margarita.

—Ese está bueno, lo tomo —dijo, arremangándose la camisa—. Pero olvídate de los signos de interrogación.

Lulú quería el mismo dibujo de siempre: un arcoíris con tres tulipanes debajo. En clase, me siento junto a ella y ya me estoy cansando del arcoíris y los tulipanes, así que intenté convencerla de que se hiciese algo más interesante.

—¿Qué opinas de un plato de espagueti y albóndigas debajo del arcoíris? —le sugerí—. ¿O una cebra comiéndose esos tulipanes?

Pero Lulú no tiene mucha imaginación. Negó con la cabeza.

—Me quedo con el arcoíris. Si quieres, puedes dibujar cuatro tulipanes.

Tutú, el hermano gemelo de Lulú, también quería lo mismo de siempre. No le discutí, porque me gusta dibujar tiburones zombis, aunque él insiste en que les ponga muchos dientes puntiagudos y a mí no me gustan mucho las cosas puntiagudas. Me consolé pensando que estaban en el brazo de él y no en el mío. Dibujé con mucho cuidado sobre su nuevo moretón para que el tiburón fuera verde, morado y negro, y a él le encantó.

Todo siguió bien hasta que apareció María.

—Quiero un cabrito —dijo—. El verano pasado fuimos a un zoológico para niños y vi uno.

Aunque soy una artista realmente buena, quedé perpleja. Un cabrito era de las pocas cosas que jamás había dibujado, además de una señora desnuda, y me estaban pidiendo que dibujara uno. Finalmente, se me ocurrió una solución.

—¿Qué es eso? —preguntó María cuando terminé—. ¿Qué son todos estos garabatos? ¿Qué son esos puntos?

—Es un arbusto —le expliqué—. El cabrito está adentro, comiendo moras.

—Vaya —dijo María—. ¡Eres mejor artista de lo que imaginé!

Fabián-Froilán-Sebastián-Damián-Brontosauro era el siguiente. Su nombre realmente es Fabián, pero a principio de año no podía recordarlo, entonces decidí ponerle todos esos nombres para no confundirme. A él le encantó. Por un minuto temí que quisiera que se los tatuara todos en el brazo, pero no.

Se remangó los pantalones.

—Convierte mis piernas en árboles —me dijo—. Con corteza y hojas y todo. Y, también, ponle unas bellotas, para que, cuando mi abuela me haga sentar junto a ella en el parque mientras teje, las ardillas puedan acercarse a mis piernas.

Pensé que eso era una buena idea. Pero ahora había muchos niños haciendo fila detrás de él.

—Lo siento, Fabián-Froilán —dije—. Piernas de árbol tomarían mucho tiempo.

Él suspiró y se recogió la manga de la camisa.

—Entonces, no importa —dijo—. Dibuja lo que quieras.

Le dibujé unos cacahuetes en el brazo.

—Cuando estés en el parque, acuéstate en el andén —le expliqué—. Las palomas aterrizarán en tu brazo y lo picotearán.

Fabián-Froilán-Sebastián-Damián-Brontosauro se alejó sonriendo y yo también comencé a sonreír. Eso se

iba a ver muy bien en mi cuadernillo: *Clementina es una buena amiga porque me ayudó a que las palomas aterrizaran en mi brazo.*

Margarita no tiene nada parecido en su cuaderno, estoy segura.

Capítulo 6

Tan pronto terminó el recreo, el profesor me envió a la oficina de la directora con una nota.

La señora Gamba leyó la nota y negó con la cabeza.

—¿No hablamos ya de esto, Clementina?

—No. El asunto de la cabeza de Margarita sucedió hace mucho tiempo, al principio de este año. Además, esto es diferente. Primero, los niños *querían* que les dibujara algo encima.

Segundo, ninguno de ellos tiene a la mamá de Margarita como mamá. Entonces, no va a pasar nada.

La señora Gamba suspiró.

—Qué me dices de esto: ¿Qué tal si la próxima vez que desees compartir tu talento artístico con tus amigos, lo haces en papel?

Como no quería avergonzar a la señora Gamba recordándole que los

tatuajes no funcionan muy bien en papel, dije:

—Seguro, la próxima vez lo haré. Gracias por esa idea tan buena.

Después, le conté sobre la maravillosa idea que yo tenía.

—¿Crees que los estudiantes deberían tener días de desarrollo profesional, como los profesores? —pre-

guntó ella, aun cuando yo acababa de decir exactamente lo mismo.

—Eso. Algunos días libres para mejorar en ciertas cosas. Así, si alguien quiere escribir una biografía sobre nosotros, tenga algo sobre qué escribir.

—¿Y vendrías a la escuela a hacerlo, al igual que lo hacen los profesores?

—Bueno —dije lentamente, porque había olvidado pensar en esa parte—, tal vez no. Tal vez iríamos a la tienda de bromas de Berni. O a un casino. A algún lugar donde podamos aprender cosas interesantes.

—Bueno, Clementina —dijo la señora Gamba—. Podría proponerlo en el consejo escolar, pero creo que ya sé lo que van a decir.

—¿Qué?

—Creo que van a decir que los estudiantes ya tienen días de desarrollo profesional. Dos a la semana. Se llaman sábado y domingo.

Después, la señora Gamba dio media vuelta en la silla y se agarró firmemente la cabeza, mientras agitaba los hombros. Sabía que se estaba riendo en secreto, entonces, dije que la visita había terminado y me fui.

Una cosa que no enseñan en la escuela de directores es la diferencia entre lo que es gracioso y lo que no lo es.

El miércoles, después de la escuela, mamá me llevó a jugar al apartamento de María, porque estaba haciendo un gran trabajo de ilustración. Cuando llegamos, le agradeció a la mamá de María por recibirme.

—La próxima vez, trae a María a nuestra casa —dijo.

—Claro que sí. La próxima vez las niñas jugarán en tu casa, seguro —dijo la mamá de María.

María y yo nos hicimos muecas, porque sabíamos que eso jamás iba a suceder. Ni en un millón de años.

Esto es porque la mamá de María no la deja ir a ningún lugar donde haya un televisor que ella pueda siquiera mirar de lejos.

—Por el amor de Dios —oí que mamá se quejaba una vez frente a papá—. ¿Qué cree ella que miramos aquí, *Los secretos prohibidos de los delincuentes juveniles*?

—Eso es ridículo, jamás miraríamos eso —le contestó papá—, porque *Historias cortas de matones* es a la misma hora.

Mamá sonrió y le arrojó el trapo de pintura, pero después dijo:

—No, en serio. ¿Cuál es el problema?

Yo sabía cuál era el problema. La mamá de María piensa que ver televisión, así sea el canal educativo, te arruina el cerebro de por vida, entonces no hay televisión para María.

Aunque la buena noticia es que le permiten hacer muchas otras cosas a cambio. Son padres que dicen "sí", siempre y cuando no sea ver televisión.

María me llevó a su habitación y señaló un acuario.

—¡Mira! ¡Es mi nuevo lagarto! Mis papás me dejaron tenerlo porque nadie mencionó la epidemia de piojos en mi cuadernillo del Amigo de la Semana de la semana pasada. ¿No es genial?

¡Era genial! Estaba trepando por una de las paredes de vidrio, y se le veían todos los vasos de succión en la parte de abajo de las patas. Sacaba y metía la lengua rápidamente, probando el vidrio, ¡como cien veces por segundo!

—¡Vaya! ¡Es una mascota maravillosa! —dije, y ni siquiera estaba intentando hacerle un cumplido—. ¿Cómo se llama?

María se agachó y puso la cara contra el vidrio donde el lagarto estaba pegado y, al igual que él, sacó y metió la lengua muy rápido.

—A él le gusta eso —me dijo—. Estamos hablando. No tienen nombre... no le he encontrado uno todavía.

María comenzó a parpadear muy rápido y el lagarto hizo lo mismo. Definitivamente, era una muy buena mascota.

—¡Yo te puedo ayudar con eso! —grité—. Soy una experta en escoger nombres para mascotas.

Y no estaba alardeando, porque he descubierto algo: los mejores nombres del mundo están en las etiquetas de los baños. Tomé la palabra más hermosa que jamás se haya inventado y se la puse de nombre a mi gatito, pero aún quedan suficientes nombres buenos.

Entonces, le dije a María:

—Muéstrame tu baño.

Y supongo que fue un día de suerte para los tres —para mí, María y el lagarto— porque en un instante mis ojos cayeron sobre la palabra perfecta, como si estuvieran hechos de hierro y el tarro sobre el estante superior fuera un imán.

—María —dije—. Tu lagarto se llamará Flomax.

¡Ella estaba feliz y no dejaba de agradecerme!

—Con mucho gusto —dije—. ¡No es más que una de las contribuciones únicas y valiosas que me gusta hacer!

Me iba a ganar al menos una página de cosas buenas en mi cuadernillo del Amigo de la Semana.

Esa no fue la razón por la cual le ayudé.

Bueno, acepto, no fue la *única*.

Después, María me llevó afuera a ver su bicicleta.

—¿Cómo la vas a decorar para la carrera? —pregunté.

María se rio.

—¡Eres graciosa, Clementina! ¡Ya *está* decorada!

Se dirigió hacia la bicicleta, levantó los brazos y dijo "¡ta-taan!", y yo me acerqué a observar. Había unas pocas cartas pegadas a los radios de las ruedas y algunos banderines de papel crepé colgando del manubrio. Eso era todo.

Después, se subió y anduvo a mi alrededor varias veces.

—¿Cómo se ve? —preguntó al bajarse—. ¿Genial, no?

Como María ya se siente suficientemente mal por ser la única en

nuestra clase que no puede ver televisión, entonces no le dije que la única cosa que se veía genial era el cabrito comiendo moras que le había pintado en el brazo.

Me sentí feliz pensando en lo maravillosa que se iba a ver mi bicicleta en la carrera. Pero también me sentí un poco triste.

Y, entonces, se me ocurrió ¡una mejor idea que la de los tatuajes para regalarles a todos!

Capítulo 7

Afortunadamente había tenido esa idea *espectaculariosa,* porque el jueves por la mañana nadie mencionó los tatuajes.

—Lo olvidé —dijo Lulú en el recreo—. Supongo que desapareció cuando me bañé.

—El mío también —coincidió Tutú—. Has debido usar marcadores permanentes.

Y así es de injusto el mundo. Cuando les puse un poco de color al pelo de Margarita y al mío me metí en problemas porque usé marcadores permanentes. Ahora, estaba en problemas porque *no* los había usado. Sin embargo...

—Eh... Nadie está molesto conmigo, ¿cierto? —pregunté.

—Puede que mi tío lo esté —dijo Carlos, después de un minuto—. Le dije a mi mamá que mi tatuaje se parecía al de él, y ella lo llamó a Ohio y le gritó tan fuerte que casi no necesitó el teléfono. Él no puede volver a visitarnos, a menos que se ponga mangas largas pegadas en los puños.

Pensé que el tío de Carlos no contaba porque él no iba a escribir en mi cuadernillo. Lo importante era que ninguno de mis compañeros de clase estuviera molesto conmigo. Fabián-Froilán estaba un poco decepcionado porque su tatuaje no había funcionado, pero eso era todo.

—Dos horas y quince minutos acostado sobre el andén del parque ayer por la tarde —dijo él, suspirando.

—¿Y no aparecieron palomas?

Él negó con la cabeza.

—Ni siquiera una. Aunque sí aparecieron tres hormigas grandes. Entonces, no fue del todo una pérdida de tiempo.

Después de eso, nadie habló de mis tatuajes, porque estaban muy ocupados hablando de las decoraciones de sus bicicletas, pero todas eran tan aburridas como la de María: cartas de juego, banderines y un par de globos.

¡Así que era el momento ideal para contarles sobre el nuevo regalo que tenía en mente!

—Lleguen temprano a la carrera —dije—. No se molesten en decorar sus bicicletas en casa.

Y después les conté sobre las cosas de papá y sobre cómo las llevaría al parque.

Eso les llamó la atención. Clavaron sus treinta y seis ojos en mí, como si fueran focas en el acuario, esperando a ver el lugar en el que el entrenador les iba a arrojar el pescado.

—¿Puedo poner lo que quiera en mi bicicleta? —preguntó Juan—. ¿Qué cosas tiene tu papá?

—Cualquier cosa. Cualquier cosa que se te ocurra, él la tiene.

—¿Qué me dices de tulipanes y un arcoíris? —preguntó Lulú.

—Decoraciones de primavera —contesté—. No hay problema, Lulú.

—¿Qué me dices de un tiburón zombi? —preguntó Tutú.

—Eso es más difícil —admití—. No hay un Día Nacional de los Tiburones Zombi. Pero para la Semana Nacional de Pesca, papá cuelga grandes truchas de goma del techo. Podemos pegarle unos dientes de tiburón a una de ellas.

Eso hizo que Tutú se sintiera realmente feliz. Mientras hacíamos la fila, les conté más sobre las cosas estupendas que tenía papá, ellos me dijeron qué querían y cuando regresamos al salón, *todos* estaban felices.

Especialmente yo.

Tan pronto regresé a casa, encontré a papá en el sótano.

—¿De verdad puedo usar *todos* los adornos para la carrera? ¿Lo dijiste en serio?

Él asintió.

—Claro que sí. Pero será un poco difícil ponerlos todos un una sola bicicleta, campeona.

—¿Y qué me dices de *diecinueve* bicicletas? —y le conté sobre el plan.

Y a él le encantó. Se emocionó tanto como yo, y sacó todo lo que pudiera servirnos.

Cuando le conté a papá sobre Fabián-Froilán y el árbol que quería, me dijo:

—Es muy fácil. Día de las Ardillas —y sacó algunas ramas de roble y una ardilla de peluche.

Y eso fue solo el comienzo. Revisamos toda la lista, fijándonos en las necesidades de todos.

Al poco rato, Mamá bajó con Ñame y una carga de ropa sucia.

—Pez… dos… ¡UNO! —gritó mi hermano tan pronto vio la lavadora.

Se trepó sobre la secadora y bajó el detergente.

Mamá puso la ropa dentro de la lavadora y después vio todas las cajas.

—¿Qué sucede?

Entonces le expliqué el plan a ella también.

—Pez… dos… ¡UNO! —gritó Ají, mientras se inclinaba y presionaba los botones del tablero.

—¡Es muy amable de tu parte compartir tu talento artístico con tus compañeros de esa manera —dijo mamá.

—Y también compartir todos estos recursos valiosos —añadió papá—. ¡No los olvidemos! Y tú —se dio la vuelta y me señaló—, no olvides devolver estas cosas.

—Pero, Lucas —dijo mamá—, ¿qué pasaría si algo de todo esto se pierde?

Mamá es la única persona en el edificio a quien no le gustan las decoraciones de papá. Esto es porque son de plástico —para cumplir con las normas de los bomberos— y el plástico es como la Kriptonita para todas las personas que aman todo lo natural, como mamá. Prácticamente, le da un infarto si oye la palabra "artificial". Tocó los tulipanes que habíamos sacado para Lulú y después cerró los ojos como si le doliera mirarlos.

Papá acarició los tulipanes como si fueran el premio ganador en concurso.

—¿Estás bromeando? —preguntó papá—. ¡Mira estos colores!

—Exactamente —dijo mamá—. ¡Míralos! Estos colores no existen en la naturaleza. ¿Qué pasa si solo por una vez tenemos flores de verdad en la recepción?

—Normas de los bomberos —dijo papá con una cara de disculpa fingida—. ¿Qué podemos hacer?

—Oh, ¡por Dios! —dijo mamá—. ¡Dame un ejemplo de un jarrón de margaritas que se incendie y queme un edificio entero!

Papá estiró los brazos para mostrar lo impotente que era y mamá puso los ojos en blanco. Después, ambos comenzaron a reírse, yo hice lo mismo y luego Nabo se nos unió desde la lavadora. De repente, apareció Humectante y creo que también se estaba riendo.

Lo levanté.

—Oye, saliste otra vez. ¿No querías perderte la diversión? —le pregunté—. Bueno, supongo que puedes ayudarme a decorar mi bicicleta.

Mamá y Repollo se fueron y yo estaba a punto de pedirle a papá que me pintara sangre en el cuello, cuando apareció Roberta, la señora de los pedidos.

—¡Hola, Expreso Poni! —me dijo y después saludó a papá con un gesto de la cabeza—. Cuatro paquetes. Supuestamente están en el muelle de carga. ¿Sabes algo de eso?

Papá fue a ayudarle a buscar los paquetes y yo terminé de cubrir mi bicicleta con telarañas. Papá regresó, pero antes de que pudiera mostrarle, apareció Francisco, el electricista.

—Hola, chiquilla —dijo—. Necesito a tu papá. Recibí una llamada del sexto piso, parece que hay un corto circuito.

Y papá se fue con él.

El siguiente en venir fue Gabriel, el plomero.

—Oye, calabaza —dijo.

Puso su caja de herramientas en el piso y comenzó a contarme historias de plomería, hasta que papá regresó y lo llevó a arreglar una fuga en el platero del cuarto piso.

Momentos más tarde, justo cuando mamá y Rábano entraban, volvió papá.

—Bienvenidos a la Estación Central —dijo—. ¿Tienen boletos?

—Mejor que eso —dijo mamá, mientras sacaba la ropa de la lavadora y la metía en la secadora—. Venimos a decirles que el vagón restaurante abrirá sus puertas en diez minutos. ¿Qué te parece si comienzas a empacar para que puedan venir a comer?

Entonces, metí todo en bolsas de basura y las cerré, listas para el sábado.

—Ven, Humectante —llamé—. ¿Quieres comer?

Humectante no apareció, así que fui a buscarlo en todos los lugares en los que recordaba haberlo visto.

El gatito no estaba.

—Oye, Calabacín —dije—. ¿Has visto a Humectante?

—No gatito —dijo mi hermano.

—Tal vez está en el apartamento —dijo mamá—. Vamos a comer macarrones con queso. Tal vez esté sentado junto a la estufa, saboreándose.

Levantó a coliflor y se dirigió al apartamento. Yo la seguí y llamé de nuevo a Humectante, pero no vino. Tomé la caja de galletitas de premio y recorrí todo el apartamento agitándola y llamándolo.

—Él siempre viene por golosinas, así que debe de estar todavía en el sótano —le dije a mamá con voz temblorosa—. Voy a ir a buscarlo.

De vuelta en el sótano, lo llamé y agité la caja. Comencé a abrir las puertas y los armarios y las cajas y las bolsas con los adornos. Busqué en todas las lavadoras y secadoras, en el depósito, en los dos ascensores, en las canecas de basura y en los botes de reciclaje.

—¡Ven, gatito! ¡Ven, Humectante! —grité, cada vez más seguido. Sentía que el corazón comenzaba a latirme con más fuerza—. ¿Dónde estás?

Papá salió.

—¿No hay señales de él?

De repente, sentí la garganta apretada. Fruncí los labios y negué con la cabeza.

—Bueno —dijo—. Mantengamos la calma. Pensemos como un gatito.

Y comenzó a buscar en todos los lugares del edificio que conocía: el vertedero de basura, los ductos de ventilación, la unidad de aire acondicionado. Hacía brillar una linterna por los ductos de calefacción y detrás del tanque de agua caliente y bajo la caldera. Incluso abrió su caja de herramientas.

Yo lo seguí, llamando a Humectante y agitando la caja de galletas.

¡El gatito no estaba! *¡No estaba!*

El corazón me comenzó a latir tan fuerte que temía no oírlo si maullaba.

—Papá —grité finalmente—, qué pasa si...

Respiré profundamente, pero no conseguí que mi boca pronunciara la siguiente palabra.

Papá se agachó frente a mí y me puso las manos sobre los hombros.

—No creo que él hubiera hecho eso, Clementina —dijo—. Creo que anda por ahí, divirtiéndose. El sótano es un lugar muy interesante para un gatito. Con seguridad encontró algo más interesante que ir a comer. Entonces, vayamos a comer y te apuesto que cuando terminemos, él aparecerá.

"Está bien", dije, pero cuando llegué a la mesa N-O, *no*, estaba bien. Ni siquiera podía comerme un macarrón. Mi garganta se cerró con solo pensar en lo mucho que quería que Humectante es- tuviera bajo la mesa.

—¿Puedo bajar mi plato al sótano? —les pregunte a mis papás—. Es para que pueda olerlo y regresar a casa.

Ellos dijeron que sí, entonces lo bajé. Fui dejando pedacitos de ma- carrones repletos de queso en el sue- lo del sótano, dejando un rastro en todos los lugares en los que había- mos estado, hasta llegar a la puerta. Después, volví a llamarlo, rogándole para que saliera, mientras vigilaba la fila de macarrones.

Pero Humectante no apareció. Y entonces lo supe:

—¡Papá, mamá! —grité mientras corría hacia el apartamento—. ¡Se *salió*!

Capítulo 8

Nos separamos. Mamá y yo fuimos hacia el Norte y papá, con Repollo en el coche, fue hacia el Sur. Después, nosotras fuimos al Este y ellos al Oeste. El gatito no estaba. Cuadra tras cuadra. Había demasiados autos, camiones y autobuses, todos grandes y rápidos y ninguno iba a tener cuidado con los gatitos perdidos. Detenía a todas las personas que veía y les preguntaba si lo habían visto:

—Es pequeño y anaranjado y esponjoso e inteligente.

—No, lo siento —decían todos—. No, lo siento.

Buscamos hasta que la luna estaba en lo alto del cielo y Boston se estaba durmiendo. Finalmente, mis papás dijeron:

—Tu hermano está rendido y hace frío. Además, ya es hora de acostarte, Clementina. Humectante probablemente ya está dormido, entonces mejor regresemos a casa ya.

En la puerta de la recepción lo llamé una vez más, mientras papá llevaba a mi hermano adentro. Mamá se quedó a mi lado.

—La noche está muy oscura, mamá —dije—. Y él es un gato muy pequeño.

—Lo sé, cariño —dijo—. Lo sé.

Llevé a la sala mi cobertor y mi almohada y los extendí en el suelo, al lado de la puerta.

—Clementina, no creo que… —comenzó a decir mamá.

—Si está en el sótano y regresa, debo oírlo —le dije—. Además, no puedo dormir en mi cama si no está ahí.

Pensé que iba a tener que usar la mirada punzante para convencerla, puesto que ella es el tipo de madre que dice que la-hora-de-dormir-es-un-momento-no-un-sentimiento, y que debemos dormir en nuestras habitaciones. Pero esta noche solo me abrazó y le pidió a papá que inflara el colchón de aire y que durmiera en el sofá a mi lado.

Papá infló el colchón. Después, salió y rasguñó la puerta para asegurarse de que yo pudiera oír a Humectante si este regresaba. El sonido hizo que se me salieran las lágrimas que había estado conteniendo toda la noche.

—Oye, pequeña —dijo papá, cerrando la puerta y sentándose a mi lado—. No puedes perder la esperanza. Humectante cuenta contigo.

Dondequiera que esté, no perderá la esperanza.

Me sequé la cara.

—¿Crees que él sepa que voy a ir a buscarlo mañana?

—Absolutamente. Desde el momento en el que vi a ese gato por primera vez, me dije: "Ese gato es positivo. Ese gato no se rinde fácilmente".

—¡Pero ahora está solo en el mundo, sin mí, papá! Está oscuro y hace frío, ¡y él pensó que yo cuidaría de él y no lo hice!

—Creo que sí lo haces, campeona. Tu mamá y yo nos damos cuenta de eso. Jamás debemos recordarte que lo alimentes. Nunca, ni siquiera una vez. Él no se salió porque tú fueras descuidada. Se salió porque es curioso. Los gatitos son curiosos.

Eso me recordó un refrán terrible sobre la curiosidad y los gatos, que no voy a repetir. Vi que papá se dio cuenta. Me abrazó con fuerza y yo comencé a llorar de nuevo.

—"Pero la satisfacción lo trajo de vuelta", ese es el final del refrán, acuérdate —dijo papá.

—Eso espero, papá —le dije, apoyada en su hombro—. Porque realmente quiero que regrese.

Capítulo 9

No quiero hablar del viernes porque lloré mucho. No sabía que una persona podía contener tantas lágrimas. Eso es todo lo que voy a decir al respecto.

Bueno, está bien, contaré *algunas* partes del viernes. Las que no fueron tan malas.

Debí haber extrañado a Humectante mientras dormía, porque me levanté llorando. Mis papás me vieron y llamaron a la escuela a avisar que no iba a ir, lo que estuvo bien porque yo ya había decidido hacer eso.

Me sequé la cara.

—Bueno, vamos —dije—. Reanudemos la búsqueda.

—Espera —dijo papá—. Creo que podemos ser un poco más inteligentes. Hagamos que más gente se una a la búsqueda.

—¡Tienes razón! —grité—. Llamemos a la Policía, y al FBI y a la CIA y a...

Papá no llamó al FBI o a la CIA porque no creyó que se hubiera cometido un crimen. Pero sí llamo a la Policía, a la Liga de Rescate de Animales y a los veterinarios del área. Después, me contó la mejor parte del plan: ¡Carteles! Lo que parecía ser una idea genial, hasta que caí en la cuenta de algo terrible:

—¡Oh, no! ¡Jamás le tomamos una fotografía! ¡Me olvidé de tomarle una fotografía!

Y lloré más. Papá me rodeó los hombros con el brazo.

—Eso es un reto. ¿Pero sabes lo que pienso? Creo que Humectante es un gatito con mucha suerte. Porque su dueña es una artista extraordinaria.

—¿Crees que podría dibujarlo? —pregunté—. ¿Crees que podría hacer un buen trabajo?

—Lo creo, campeona. Creo que va a ser el dibujo de tu vida.

—Yo también —dijo mamá—. Pero primero, busquemos unos pañuelos. No puedes salpicar lágrimas en un dibujo tan importante.

Entonces, me sequé las lágrimas y después mamá me dejó sentar en su mesa de dibujo para hacer el cartel. Me pasó sus marcadores buenos y una pila de su papel bueno también.

—Utiliza todo el que necesites, cariño —me dijo—. Dibújalo bien.

Déjenme decirles que fue muy, muy complicado. No la parte de dibujar, sino la parte de no llorar sobre el papel.

Cuando intenté dibujarle las orejas, recordé cómo estas se movían cada vez que alguien abría una lata, y mis ojos se llenaron de lágrimas. Cuando dibujé su pelaje esponjoso, recordé lo suave que era al acariciarlo, y las lágrimas rodaron por mis mejillas. Y cuando pinté su bigote, pensé en cómo a veces se le pegaban pelusas en él, y casi me caigo de la silla de tanto llorar.

Bueno, ¡suficiente sobre el llanto!

Finalmente, lo que hice fue repetirme una y otra vez mientras dibujaba: "¡Este gatito adorable regresará pronto a casa! ¡Por eso estoy tan feliz!"

Pero me llevé un pañuelo a los ojos con la mano izquierda mientras dibujaba, por si acaso.

Tuve un pequeño inconveniente mientras trataba de decidir qué expresión ponerle a la cara de Humectante. Me encanta cuando es curioso, pero también cuando está sonriendo y también cuando está bostezando. Al final, decidí hacerlo un poco asustado, porque probablemente así se vería cuando un extraño lo encontrara.

Finalmente, terminé el dibujo. ¡Y miren cómo quedó!

Gatito perdido

Inteligente
~~Tierno~~
Apuesto
Curioso

Humectante   555234

Anoté nuestro teléfono al final y después papá y yo caminamos al centro de copiado de la esquina.

—¿Cuántas copias quieren? —preguntó el vendedor.

—¿Cuántas puedo sacar con todo esto? —pregunté yo, mientras sacaba todo el dinero que tenía y lo ponía en el mostrador.

Papá lo recogió y me lo devolvió.

—Yo invito esta vez —dijo—. Ahora, ¿cuántos carteles crees que necesitamos? ¿Quince, veinte...?

—Cien —dije.

—Oh, no creo que... —comenzó a decir papá.

—Tienes razón —le interrumpí—. Doscientos. No... al menos, trescientos.

Papá me miró fijamente durante un minuto. Después, se dirigió al vendedor y le dijo:

—Trescientas copias, por favor. Es un gato muy especial.

* * *

Créanme, pegar carteles es un trabajo muy pesado, especialmente cuando tienes un hermano de tres años que quiere ayudar. Por suerte, a la hora del almuerzo, alcachofa decidió que era más divertido pegarse él mismo la cinta que pegársela a las cabinas telefónicas, entonces logramos hacer mucho más en la tarde.

—¿Cuántos crees que hemos pegado? —le pregunté a mamá hacia el final de la tarde.

Ella miró la pila de papel.

—¿Tal vez cincuenta?

—Bueno, solo nos quedan doscientos cincuenta —dije—. Vamos.

Mamá negó con la cabeza.

—Papá está trabajando y no puede contestar el teléfono de la casa. Deberíamos regresar a casa en caso de que alguien llame.

Entonces, regresamos, mi hermano se quitó la cinta y mamá preparó la cena, mientras yo me sentaba jun-

to al teléfono a esperar a que alguien llamara.

Nadie llamó. Bueno, excepto por un extraño que me preguntó si tenía algún seguro necesario. Le conté sobre Humectante y me dijo:

—Oh, lo siento. Espero que lo encuentres pronto.

Después de eso, el teléfono no volvió a sonar. Y el apartamento se oía más callado que nunca. Le faltaba el sonido del teléfono y el sonido de Humectante cuando está en casa.

Al momento de irme a dormir, arrastré de nuevo el colchón de aire hasta la puerta. Papá fue a leerle un cuento a mi hermano y mamá llegó con una almohada y una cobija. Se acostó en el sofá.

—Pensé que te gustaría tener compañía —dijo, mientras apagaba la luz.

—Mamá —dije en la oscuridad, después de un momento—. ¿Te acuerdas cuando Arveja dice: "Rompiste mis sentimientos", cuando quiere decir que se siente muy triste por algo? Bueno, así es como me siento: como si todos los sentimientos que tengo estuvieran rotos.

—Sé exactamente lo que quieres decir —dijo mamá—. Creo que eso lo resume. Pero se arreglarán, te lo prometo.

—¿Cómo lo sabes?

—Eres un ser humano, ¿cierto? Los seres humanos tenemos sentimientos. Todos nos sentimos así de tristes alguna vez. Algunos escriben historias sobre eso y poesía. Otros pintan cuadros y componen música. Lo hacen para compartir ese sentimiento.

Yo no dije nada. Nadie en el mundo podría haber sentido lo que yo sentía en ese momento.

—Por ejemplo —continuó—, ¿recuerdas cuando el año pasado leímos el cuento de *Ginger Pye*, el perrito que se perdió? Y ¿cómo se sintieron esos niños?

Asentí en la oscuridad.

—¿Y recuerdas cuánto tiempo les tomó encontrarlo? ¿Y que no dejaron de buscarlo jamás? ¿Y de cómo al fin, finalmente lo recuperaron?

—Mamá —dije—. Eso era un libro. Esto es la vida real.

Capítulo 10

El sábado, muy temprano en la mañana, oí que alguien golpeaba la puerta. Me senté y mis orejas se emocionaron: ¡tal vez alguien había encontrado a Humectante! Salté de la cama y abrí la puerta.

Solo era Margarita.

—¿Tu padre está en casa? —preguntó ella—. Hoy es mi recital. Necesito las llaves del depósito para poder... ¡Oye! ¿Te quedaste ciega? ¿Por eso no fuiste ayer a la escuela?

—¿De qué estás hablando?

—¡De tus ojos! Están rojos e hinchados. Parecen tomates.

—No importa —dije.

Papá estaba en la cocina preparando el desayuno con mamá. Le dije que Margarita lo necesitaba y luego corrí a mi habitación y me dejé caer en la cama.

Después de unos minutos, papá vino y se sentó a mi lado.

—¿Le contaste a Margarita sobre Humectante?

Dejé la cabeza enterrada en la almohada, mientras la movía negativamente.

—Regresará en unos minutos con las llaves. Hablar con un amigo podría ayudarte...

—Margarita no es mi amiga. Está molesta conmigo y ni siquiera sé por qué y me dijo que mis ojos parecían tomates.

Papá me dio la vuelta para mirarme. Después hizo cara de horror.

Me reí un poco, aunque no quería.

—No importa. Ella tiene su gran recital de hula... no hablará conmigo. Además, si lo hiciera, diría que es mi culpa. Ella nunca pierde nada. Me diría que no he debido perder a Humectante.

—Podría sorprenderte. Tal vez podrías darle una oportunidad.

Suspiré y caminé hacia la puerta principal. Margarita regresó al poco tiempo, arrastrando una palma gigante bajo el brazo. Me entregó las llaves de papá y comenzó a alejarse. Después, se dio la vuelta y me dijo:

—Vi tu bicicleta —me dijo—. Se

ve bien.

—¡Olvidé la carrera! —me lamenté.

Sentí ganas de llorar un día más, entonces me abracé yo misma para no llorar.

—¿Y qué? —dijo Margarita—. Tienes tiempo. Ve a alistarte. Y ponte lentes de sol.

—¡No puedo! ¡No *puedo*!

Y después, cuando intentaba no explicar por qué no podía, las palabras simplemente salieron.

—¿Humectante está perdido? —exclamó Margarita—. *¿Está perdido?*

Después frunció el ceño otra vez, como cuando se molestó con Miguel y conmigo el otro día. Incluso la palma que tenía bajo el brazo se veía furiosa.

Regresé corriendo a mi habitación y me arrojé de nuevo en la cama. Después de un minuto, papá entró.

—Bueno —preguntó—. ¿Margarita te sorprendió? ¿Te ayudó hablarle?

—Sí, me sorprendió —dije, después de pensar en la manera en la que había actuado—. Pero no, no ayudó. Papá, le fallé a todo el mundo. A todos.

Papá se sentó en mi cama.

—¿De qué estás hablando?

—Le fallé a Humectante porque lo dejé perder. A ti y a mamá, porque ustedes me lo regalaron. En este momento, les estoy fallando a todos con la carrera de bicicletas. Y a Margarita... debiste haber visto su cara.

—Jamás nos has fallado, campeona. Así no es como mamá y yo vemos esto —dijo, mientras apuntaba a la cocina con la cabeza—. Tenemos una fábrica de panqueques en la cocina. Ven y comes algo. Tal vez te sientas mejor.

Negué con la cabeza.

—Vas a tener una mañana larga. Muchos carteles para pegar. Creo que debes comer algo.

Entonces, me puse de pie y comí algunos panqueques, a pesar de que todos me recordaban tanto a Humectante que, más bien, hubiera podido comer comida de gato. Uno se parecía a su cabeza y otro a su cola, y los demás se parecían a sus patas. Probablemente, de aquí en adelante, todo me lo iba a recordar.

Después del desayuno, mamá y yo nos pusimos las chaquetas.

—Válgame Dios —dijo mamá, frunciendo el ceño y mirando la mesa junto a la puerta—. Margarita me pidió algunos carteles antes de irse, entonces yo saqué algunos y los dejé aquí para que se los llevara. Seguro tomó todo el sobre por error.

Mamá vio mi cara y sonrió rápidamente.

—Los volverá a traer. Llevemos estos por ahora y vamos pegándolos.

Cinco carteles. Pegamos uno en la recepción y luego solo quedaron cuatro. Caminamos toda la mañana, llamándolo en los callejones, mirando bajo todos los autos y detrás de las canecas de basura y en los árboles. Estaba tan triste que no me fijé por cuál camino iba a casa.

Y, de repente, doblamos por una esquina y los vi al otro lado de la calle: un grupo inmenso de niños reunidos con sus bicicletas en el parque.

—¡Mamá, corre! —dije, tomándole la mano y jalándola—. ¡No puedo permitir que me vean! ¡Van a estar muy decepcionados conmigo!

—Espera —dijo—. Vamos a hablar con ellos. Expliquémosles lo que sucede...

Pero no podía hacerlo. No podía soportar que me vieran y pensaran que les había fallado. Corrí a casa.

Al llegar, decidí que tampoco podría soportar más el rastro de pedacitos de macarrones y queso. Tomé una espátula y una bolsa plástica y comencé a rasparlos del suelo. Me tomó mucho tiempo porque se habían endurecido como el cemento. Cuando estaba a punto de terminar, frente a la puerta de mi apartamento, Margarita salió del ascensor. ¡Tenía un sobre de Manila!

—¡Oh, gracias! —grité.

Se acercó para entregármelo, pero se detuvo para ver lo que hacía y me miró fijamente las manos. Abrió la puerta de nuestro apartamento y puso el sobre encima de la mesa. Margarita tiene una cosa fabulosa que debo admitir: cuida todas las cosas, no solo las de ella. Entonces,

sabía que los carteles iban a estar en perfectas condiciones.

—¿Regresó Humectante? —preguntó.

Negué con la cabeza.

—¿Ganaste la competencia?

Margarita negó con la cabeza.

—¡Pero siempre ganas todo, Margarita! —dije.

—Lo sé —dijo Margarita, encogiéndose de hombros—. No participé.

Estaba tan sorprendida que la miré fijamente.

—Pero...

—Tenía algo más importante que hacer. Y además, la falda del hula es de pasto, Clementina —dijo Margarita como si esto lo explicara todo—. ¡Pasto!

—¿Qué tiene el pasto?

—¿A-ver? —dijo Margarita—. *¿Gérmenes de pasto?*

Entornó lo ojos y se estremeció. Después, dio la vuelta y presionó el botón del elevador.

—Tengo que irme. Espero que encuentres a tu gato.

Entré y me lavé las manos para quitarme los rastros de macarrones. Después, busqué a mamá.

—Margarita vino a devolver los carteles. Ya los podemos pegar.

Mamá me dijo que esperara un minuto a que ella terminara su trabajo, pero en realidad esperé como doscientos minutos. Finalmente, salió y tomó nuestras chaquetas. Yo abrí el sobre.

Los carteles no estaban. Solo había un cuaderno grueso.

CLEMENTINA: ¡EL AMIGO DE LA SEMANA!, decía la cubierta, y abajo, mi fotografía.

Arrojé el cuadernillo al suelo. Mamá lo levantó.

—¡Qué bien! —dijo—. Leámoslo.

—¡Mamá! —me lamenté—. ¡Los chicos escribieron sobre mí el viernes, cuando pensaban que era una buena amiga porque iba a ayudarles a decorar sus bicicletas! Pero no fui a la carrera, entonces ahora piensan que soy la Enemiga del Año, no la Amiga de la Semana.

Tomé el cuadernillo y corrí a mi habitación y lo guardé bajo la cama. Papá llama "Hoyo Negro" a ese espacio y, por primera vez, deseé que eso hubiera sido cierto. Deseé que las cosas desaparecieran ahí para siempre.

Después, corrí hacia el apartamento de Margarita.

Miguel abrió la puerta.

—Vi el cartel en la recepción. ¿Humectante se fue? Amiga, eso está muy *mal*. Me voy ya a la casa de un amigo, pero si no lo has encontrado cuando regrese, te ayudaré a buscarlo.

Le agradecí y luego le pregunté por Margarita.

—Se acaba de ir con papá —me dijo—. Regresará mañana en la noche.

—Bueno, realmente no la necesito —le dije—. Necesito mis carteles. Tomó todos mis carteles de Humectante por equivocación. ¿Sabes dónde están?

—Vi a Margarita cuando regresó a casa y no tenía carteles, enana. Solo una palmera gigante.

—¿No los trajo? ¿Estás seguro? ¡Los necesito! —sentí que mis ojos de tomate comenzaban a llenarse de lágrimas nuevamente y me los froté para que Miguel no pensara que era una bebé.

—¿Tomó tus carteles? Amiga, soy su hermano. Su trabajo es ser mala *conmigo*. Pero tú le agradas, Clementina. ¿Qué hiciste para que se molestara tanto *contigo*?

—¡Nada! Toqué su cuadernillo, ¡eso es todo! Le quité la cinta que tú le pusiste y cuando intenté mostrarle, ella pensó que yo lo estaba leyendo y se puso furiosa.

—Oh, su cuadernillo —dijo Miguel, como si pensara que eso lo explicaba todo.

—¡Pero no lo leí, Miguel! Y además, no es un diario, no es privado. ¡No hice nada malo! ¿Y ella se molestó tanto que se deshizo de mis carteles? ¿Está tan molesta que no quiere que encuentre mi gatito?

Miguel se quedó callado por un minuto, y pude ver que trataba de decidir algo.

—Bueno. No le digas que yo te lo dije, enana, pero... su cuadernillo estaba casi en blanco. Ella se avergüenza de eso. Solo hay unas pocas páginas con cosas. Eso es todo lo que se les ocurrió a sus compañeros… un par de páginas.

—Oh. Oh —y no pude pensar en nada que decir mientras Miguel se despedía y me decía que esperaba que encontrara mi gato.

Capítulo 11

Esa noche, toda mi familia durmió en la sala conmigo. Pero el domingo por la mañana, mamá desenrolló el tapete de yoga y papá salió a comprar panecillos y el periódico. Después del desayuno, se recostó en el sofá a leerlo y mi hermano se trepó y se sentó a su lado, aparentando leer tiras cómicas.

No podía creerlo. Mi familia actuaba como si este fuera otro día normal en nuestras vidas normales.

—Perdón —dije muy fuerte, aunque la regla es no hablar durante el yoga de los domingos por la mañana y la lectura del periódico.

—Perdón, pero *algo* hace falta aquí.

—Hoy no podemos hacer mucho, campeona —dijo papá—. La Policía y la Liga de Rescate Animal tienen toda la información, y además pegamos carteles. Ahora, creo que debemos esperar a ver qué pasa.

—*¿Esperar a ver qué pasa?* ¿Quieres decir que *dejemos de preocuparnos?* ¿Qué pasaría si fuera yo? ¿Solo *esperarías a ver qué pasa* si yo estuviera perdida?

—Por supuesto que no —dijo papá.

—Bueno, entonces vamos. Comencemos a buscarlo, hagamos más carteles y los pegamos.

—Papá tiene razón, cariño —dijo mamá—. Está lloviendo muy fuerte afuera, entonces, así fotocopiáramos más carteles, no tendría sentido pegarlos. Además, te apuesto que Humectante está en la casa de alguien en este momento. Probablemente esté bien. No vamos a encontrarlo. Quien lo tenga, ahora tendrá que encontrarnos. Entonces, tendremos que esperar a ver qué pasa.

Yo no dije nada. No hablaría con ningún miembro de mi familia por el resto de mi vida. Con Margarita tampoco, por supuesto. Llevé un bloc de papel y un lápiz a mi habitación porque lo único que iba a hacer durante el resto de mi vida era dibujar a Humectante. Iba a ser como ese artista famoso de Nueva Orleans que solo pintaba una cosa: un perro brillante y azul. Siempre me pregunté por qué solo pintaba ese perro, pero ahora entendía por qué. Lo debió haber extrañado mucho.

Comencé a trabajar en mi dibujo: Humectante abalanzándose contra una sombra. Mientras dibujaba, intenté visualizar lo que mamá había dicho: Humectante, bien, en la casa de alguien más. Al principio, pensar en eso me hizo sentir mejor. Pero después comencé a cuestionarme. ¿Qué pasaría si en esa casa hubiera una niña? ¿Y qué pasaría si Humectante comenzara a quererla? ¿Y qué pasaría si se olvidara de mí?

De repente, pensé en un día de la semana pasada, cuando Humectante quería sentárseme encima y yo no lo había dejado. Miguel y sus amigos estaban montando en patineta en el callejón y yo salí a verlos en lugar de quedarme con él. ¿Qué pasaría si Humectante se acordaba de eso y ha-

bía decidido *querer a otra niña?* ¿Una niña que lo dejara sentarse sobre sus piernas para siempre?

Eso me hizo estropear el dibujo, entonces lo arranqué y comencé uno nuevo: Mi gatito sobre *mi* almohada, feliz.

Después de un momento, el teléfono sonó y yo corrí a contestarlo. Era la tía Clarita, preguntando si la torta de café que mamá le había llevado el otro día era con grosellas o pasas. Le dije que mamá estaba haciendo yoga y que pensaba que quedaría mucho mejor con gotitas de chocolate. Después le conté sobre la desaparición de Humectante. Todo lo que dijo fue: "Es una pena, espero que lo encuentres y dile a tu mamá que me llame, quiero hornear esa torta de café y llevarla a mi club de lectura el martes". Entonces, tampoco iba a volver a hablarle a la tía Clarita.

Regresé a mi habitación y comencé otro dibujo de mi próximamente famosa serie "Gatito Anaranjado":

Humectante tomando una siesta en el alféizar de la ventana.

Papá llamó a la puerta. No le hice caso. Llevaba en la mano una de las secciones del periódico.

—Mira esto —me dijo.

Negué con la cabeza y continué dibujando.

—Realmente creo que debes mirar, campeona —dijo nuevamente.

Presioné la boca en línea recta porque de repente no hablarle a papá hizo que me dieran ganas de llorar.

Me dejó el periódico al lado del dibujo.

Lo miré de reojo, solo un vistazo. Miré de nuevo. Y después lo levanté para examinarlo, en caso de que mis ojos me estuvieran engañando. Y ahí, justo en la página principal de la sección "Vida" del periódico, aparecía el cartel de mi gatito. Debajo de este aparecía una foto de la carrera de bicicletas de mi escuela. Todas las bicicletas estaban cubiertas de hojas de papel.

Papá me sostuvo la mano mientras yo leía el encabezado: ¡ESTUDIANTES APROVECHAN LA CARRERA DE BICICLETAS PARA AYUDAR A ENCONTRAR MASCOTA PERDIDA!

En ese momento, mamá entró con Haba.

—Nos preguntábamos dónde estaban to… —comenzó a decir, y enseguida vio el periódico también.

Papá leyó el artículo en voz alta.

—"Carteles de un gatito perdido cubrieron alrededor de cien bicicletas en un rally para recaudar fondos en el parque comunal, después de que una estudiante preocupada les alertara a sus compañeros de la situación de una de sus amigas…

—¿Una estudiante preocupada? —preguntó mamá—. ¿Quién?

—No lo sé. La única que sabía era… pero ella… no… —dije, confundida—. Pero ella tenía los carteles y eso explica cómo consiguió mi cuadernillo. Además, miren, acá dice que la estudiante organizó todo. ¡Organizó! ¡Tiene que ser Margarita!

—Margarita —repetimos todos—. ¡Margarita!

—¡Esto es maravilloso! —dijo mamá—. ¡Cientos de personas, tal vez miles o más, vieron esos carteles!

Estaba muy feliz. No podía olvidar lo que había hecho Margarita. Justo cuando pensé que estaba siendo muy mala conmigo, estaba siendo muy buena.

Pero después me di cuenta de algo:

—Eso fue ayer. Miles de personas se enteraron de Humectante ayer, pero nadie llamó.

—Pero miles de personas más se enterarán por el periódico, campeona —dijo papá—. Creo que ahora solo es cuestión de tiempo.

El día duró trescientas horas. Revisé el periódico para asegurarme de que en la historia hubieran escrito el número telefónico correcto y revisaba el teléfono cada dos minutos para asegurarme de que estuviera funcionando. Me quedé junto a la ventana esperando a que unas patas de gato llegaran caminando bajo la lluvia, hasta que me dolieron las piernas. También hice muchos dibujos de Humectante: estirado bajo el sol, aplastando una mosca, enredado en cintas, cayendo al bote de basura. Cada uno de esos dibujos hizo que lo extrañara más.

Mi familia continuó actuando como si fuera un domingo normal, yo continué mirando por la ventana y dibujando a mi gatito y el teléfono continuó sin sonar.

Hasta que finalmente, al final de la tarde, sonó.

Mamá contestó. Escuchó durante un momento y luego una sonrisa le creció en la cara. Durante un minuto me enojé con ella, ¿cómo podía sonreír en un día como hoy? Después, oí que dijo:

—Creo que la persona que buscas es a mi hija.

Tomé el teléfono.

—Aquí tengo un gatito —dijo la voz de un hombre al otro lado del teléfono—. Un gatito muy curioso.

Vi el artículo en el periódico y me preguntaba si este será el mismo gatito que tú estás buscando.

—¿Es…? —y luego se me cerró la garganta por lo mucho que deseaba que fuera Humectante.

Mamá se dio cuenta de que no podía hablar. Tomó el teléfono nuevamente. Me alzó y me apoyó en su cadera, como si yo fuera una

pequeña de tres años, y ni siquiera me importó. Solo oí mientras ella hablaba.

—¿Es anaranjado y esponjoso, y está alrededor de los cuatro o cinco meses? —le preguntó al hombre—. ¿Se ve muy bien cuidado?

Enterré la cabeza en el cuello de mamá y temblaba tanto que no pude oír la respuesta del señor.

—Parece que es él —dijo mamá—. ¿Dónde vive usted?

Mamá escuchó y después se desplomó.

—Oh —dijo—. Qué lástima. El gatito que estamos buscando se perdió en Boston el jueves por la noche. No creo que hubiera podido llegar tan lejos...

Mamá me miró con cara de que lo sentía; yo la miré con cara de no me importa, igual tenemos que averiguar.

—Probablemente no sea nuestro gato —le dijo mamá al hombre

del teléfono—, pero voy a anotar su dirección, pues nos gustaría cerciorarnos.

Capítulo 12

Papá me llevó en el auto, y todo el camino me advirtió que no tuviera muchas esperanzas.

—Este gatito llegó a la puerta de él el jueves por la noche —dijo—. En Quincy. Eso es a unos veinticinco kilómetros de aquí. Así Humectante caminara muy rápido, jamás podría caminar veinticinco kilómetros en un par de horas.

Yo intenté no hacerle caso.

Finalmente, llegamos a la dirección. Llamamos a la puerta y un hombre la abrió. Tenía al gatito en los brazos.

—¡*Gabriel*! —le dijo papá al hombre.

—¡*Calabaza*! —me dijo Gabriel, el plomero.

—¡*Humectante*! —le grité a mi gatito.

Humectante saltó a mis brazos y después todos comenzamos a hablar al mismo tiempo, intentando descifrar lo que había ocurrido.

—¡Jamás se me ocurrió! —continuaba diciendo Gabriel—. Llegué a casa el jueves por la tarde, saqué la llave para abrir la puerta, miré hacia abajo y ahí estaba este gatito. Concluí que era de por acá cerca. Jamás se me ocurrió que pudiera haber venido en el auto.

—Debió meterse en tu bolso de herramientas —dije—. Le encanta explorar.

—Aquí también ha estado curioseando —dijo Gabriel—. Es un pequeño adorable. Inquieto. Voy a extrañar tenerlo cerca. Pero podré visitarlo, ¿no es cierto?

Regresamos a casa en el auto, con Humectante tendido alrededor de mi cuello. Me ronroneó en el oído

hasta que se quedó dormido, pues probablemente estaba cansado de hacerse el feliz en la casa de alguien más.

Papá nos miró por el espejo retrovisor e hizo como si se hubiera quedado ciego.

—Debí haber traído mis lentes de sol —dijo—. Deberían cortar la luz en Boston, esta noche podrías iluminar toda la ciudad con esa sonrisa.

Me reí, pero en secreto mostré mi sonrisa por todo el asiento trasero, y papá tenía razón: iluminaba las cosas.

Mamá nos estaba esperando para comer e hizo como si no se diera cuenta de los trocitos de pastel de carne que le pasé a Humectante por debajo de la mesa. Después, papá y mamá me preguntaron si podían leer mi cuadernillo del Amigo de la Semana. Dije "bueno", y me metí bajo la cama para sacarlo. Fuimos juntos a la sala.

Clementina, el amigo de la semana

El cuadernillo estaba repleto de párrafos largos que decían cosas que yo no recuerdo haber hecho:

Una vez, cuando estaba en primero, perdí mis crayones, había escrito Juan. *Clementina partió cada uno de los de ella por la mitad para que yo pudiera colorear.*

Guillermo escribió: *Me gusta que Clementina esté en mi clase porque me creyó cuando le conté sobre mis super-poderes. Ella es la única a la que le enseñaré a volverse invisible... tan pronto aprenda a hacerlo.*

Es bueno tener a Clementina en el salón, porque así sabemos que siempre vamos a sonreír —escribió Tutú.

Su hermana gemela, Lulú, escribió que le gustaba que estuviera ahí *porque, de otra manera, mi hermano sería el que siempre está en problemas.*

Y la página de María, decía: *Cuando mamá se enteró del nombre de mi lagarto, dijo: "¡Esa niña ha visto mucha televisión!", y papá confesó que algunas veces me dejaba mirar golf mientras ella* estaba jugando bingo, y después ella dijo: "Oh, bueno, me rindo, supongo que ella ya es lo suficientemente grande como para decidir si quiere arruinarse el cerebro". Entonces, gracias a Clementina, ¡ahora puedo ver televisión! Lo que demuestra que uno nunca sabe cuándo hace algo bueno.

¡Ninguno de los niños mencionó siquiera mi promesa de decorarles las bicicletas! Pero muchos de ellos sí dijeron que apreciaban mucho que yo compartiera mis habilidades artísticas. Lo que por un minuto me hizo sentir culpable por haberles fallado el sábado. Pero eso me dio una idea increíble.

—¡Retratos de mascotas! —les dije a mamá y a papá—. ¡Así les agradeceré por ayudarme a buscar a Humectante! Uno para cada persona de mi salón. Dibujaré a sus mascotas y si alguien no tiene, dibujaré la mascota que quisiera tener.

Comencé inmediatamente. Primero, hice el de Margarita, porque

a ella quería agradecerle más que a nadie. Dibujé a Rímel enrollado sobre el sombrero de paja que alguna vez había decorado para Margarita, pues este es su lugar favorito para dormir.

Después, hice un hermoso retrato de Flomax, para María, trepado en la pared de vidrio del acuario con los diminutos vasos de succión a la vista, y líneas alrededor de la lengua para mostrar cómo la sacaba y la escondía rápidamente. Después, hice exclusivos certificados

"U.R.M: ¡Un retrato de mascota!".

Papá y mamá se acercaron para observar.

—Es muy amable de tu parte, Clementina —dijo mamá—. Tus com-

pañeros tienen
suerte de tener-
te como amiga.

Papá puso el
cuadernillo de
Amigo de la
Semana en la
repisa de la chimenea, entre la fotografía del matrimonio de ellos y
las fotografías de mi hermano y yo
cuando éramos bebés.

—Lo queremos justo aquí —dijo—. Donde todos puedan ver lo or-
gullosos que estamos de ti.

Y, de repente, se me ocurrió otra
idea maravillosa.

Corrí hacia el teléfono y llamé a
Miguel.

—¿Ya regresó Margarita a casa?

—Acaba de llegar —respondió—.
Refuerza las puertas, compañera.

—¿Podrías traerme en secreto su
cuadernillo de Amigo de la Semana?

—¡Claro que sí! —dijo Miguel.

Una cosa maravillosa de Miguel es
que cada vez que le pides que haga

algo, dice: "¡Claro que sí!", así le pidas algo por lo que podría meterse en problemas. Si alguna vez fuera mi novio —que no quiero—, él diría: "¡Claro que sí!" a cualquier cosa que

yo sugiriera.

Miguel llegó a mi casa en pocos minutos. Me quitó a Humectante e hizo chocar su mano con la pata de él.

—¡Amiguito! ¡Regresaste!

Después, me siguió a la mesa de la cocina y observó mientras yo abría el cuadernillo y comenzaba a escribir: *¡Margarita es la mejor amiga que alguien puede tener!* Y después, aunque mi mano estaba exhausta por haber dibujado todos esos dibujos de Humectante, dos retratos de mascotas y siete certificados U.R.M, escribí y escribí sobre lo que ella había hecho el domingo. Llené su cuadernillo y ni siquiera tuve que escribir con letra más grande.

—¿Margarita hizo eso? —preguntó Miguel, leyendo por encima de mi hombro.

—Sip —dije.

—¿Esa Margarita es mi *hermana*?

—Esa Margarita —dije—. Ahora, volvamos a ponerlo en su sitio. Lo haré yo para que tú no te metas en problemas.

Me colgué a Humectante alrededor del cuello, porque no estaba lista para dejarlo solo por un momento. Después, subimos en el elevador, mientras Miguel murmuraba todo el tiempo:

—¿Mi hermana hizo eso? *¿Margarita?*

Nos apresuramos hacia la sala. Como Margarita no estaba a la vista, comencé a quitar la placa del concurso de ortografía y estaba a punto de poner el cuadernillo detrás de esta cuando oí su voz.

—¡Lo recuperaste! ¡Lo recuperaste! —corrió hacia nosotros y abrazó a Humectante mientras yo me quedé de pie, paralizada. Después, ella bajó la mirada.

Palideció. Me rapó el cuadernillo, temblando.

—No lo leí —dije, rápidamente—. N-O, *no*. Lamento haberlo tomado, pero solo quería escribirte algo. Quería agradecerte...

Margarita me calló. Abrió el cuadernillo y comenzó a leer. Frunció el ceño y después asintió, y después volvió a fruncir el ceño y volvió a asentir. Muchas veces.

Finalmente, me miró.

—Agradecida es con *c*, Clementina —dijo—. Y héroe tiene tilde en la primera *e*. Y solo había 239 carteles, no 250. Y…

Me sentí aliviada.

—¿Quieres que lo quite, Margarita? Puedo borrarlo todo, si quieres…

Margarita se llevó un dedo a la cabeza y entrecerró los ojos, como si estuviera pensándolo. Pero como seguía moviendo la boca, pude darme cuenta de que estaba fingiendo. Finalmente, suspiró.

—Oh, supongo que, si significa tanto para ti, Clementina, podríamos dejarlo así. *Bueno, está bien.*

Y después guardó el cuadernillo, pero esta vez no lo puso en el estante inferior, detrás de la placa del concurso de ortografía. Esta vez, Margarita puso su cuadernillo de Amigo de la Semana justo en medio de la repisa de la chimenea.

Y después se dio la vuelta y me sonrió con una sonrisa tan luminosa que de hecho la ciudad de Boston se iluminó. Bueno, está bien, tal vez mi sonrisa también ayudó.

FIN